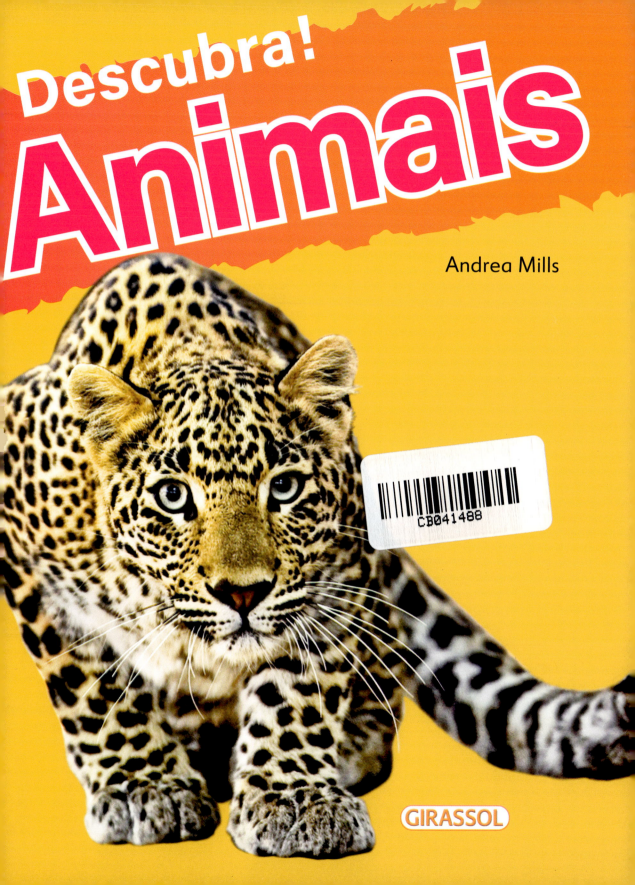

Descubra!
Animais

Andrea Mills

GIRASSOL

Editora de texto Olivia Stanford
Designer Lucy Sims
Editora de arte do projeto Joanne Clark
Editor sênior Gill Pits
Editora-chefe Laura Gilbert
Editora-chefe de arte Diane Peyton Jones
Pesquisa de imagem Surya Sarangi
Produtora de pré-produção Nadine King
Produtor Srijana Gurung
Diretor de arte Martin Wilson
Editora Sarah Larter
Diretora editorial Sophie Mitchell
Consultora educacional Jacqueline Harris

Publicado pela primeira vez na Grã-Bretanha em 2016 por Dorling Kindersley Limited

Copyright © 2016 Dorling Kindersley Limited
Uma empresa Penguin Random House

Publicado no Brasil por
Girassol Brasil Edições Eireli
Av. Copacabana, 325, Sala 1301, 18 do Forte
Alphaville – Barueri – SP – 06472-001
leitor@girassolbrasil.com.br
www.girassolbrasil.com.br

Diretora editorial Karine Gonçalves Pansa
Coordenadora editorial Carolina Cespedes
Assistente editorial Talita Wakasugui e Bruna Orsi
Tradução e edição Monica Fleischer Alves
Revisão Ricardo Barreiros
Diagramação Deborah Takaishi

Impresso no Brasil

PARA MENTES CURIOSAS
www.dk.com

Sumário

4   O que é um animal?

6   Vertebrados

8   Mamíferos

10   Onde vivem os mamíferos

12   Aves

14   Répteis

16   Anfíbios

18   Peixes

20   Invertebrados

22   Insetos

24   O que é um habitat?

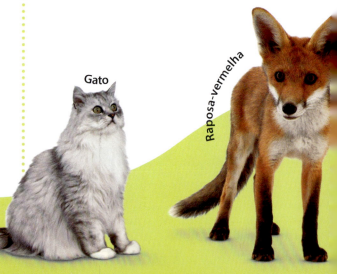

Gato

Raposa-vermelha

Louva-a-deus-gigante-da-floresta-tropical

2

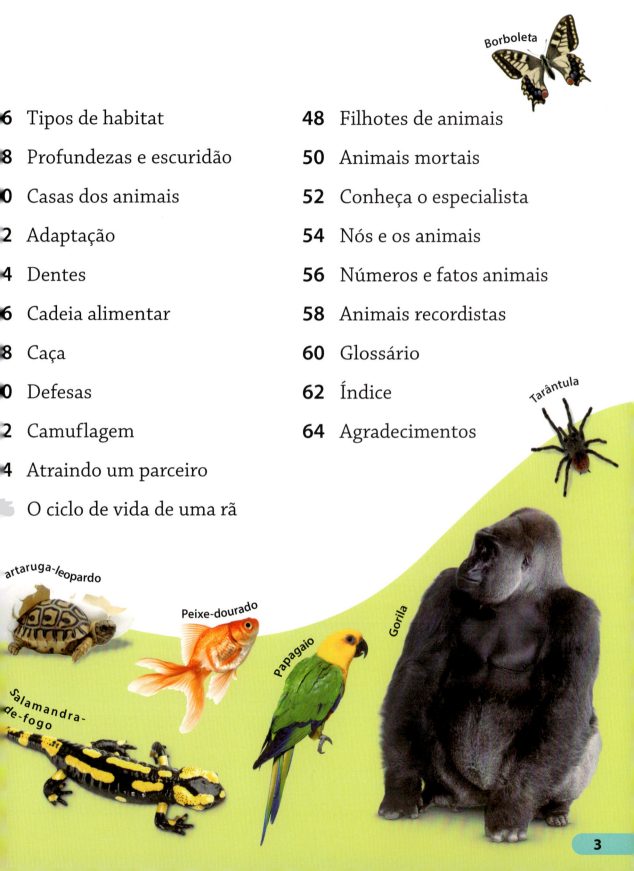

6	Tipos de habitat	48	Filhotes de animais
8	Profundezas e escuridão	50	Animais mortais
10	Casas dos animais	52	Conheça o especialista
12	Adaptação	54	Nós e os animais
14	Dentes	56	Números e fatos animais
16	Cadeia alimentar	58	Animais recordistas
18	Caça	60	Glossário
20	Defesas	62	Índice
22	Camuflagem	64	Agradecimentos
24	Atraindo um parceiro		
	O ciclo de vida de uma rã		

O que é um animal?

Milhões de diferentes tipos de animais vivem na Terra. Cada tipo é conhecido como espécie. Sejam tão pequenos quanto uma formiga ou enormes como um elefante, todos os animais têm algumas coisas em comum. Por exemplo, os animais precisam comer outros seres vivos para sobreviver, ao contrário das plantas, que obtêm sua energia da luz do sol. Os animais também podem se mover de um lugar para outro, enquanto as plantas não.

Respiração

Todos os animais precisam de oxigênio para sobreviver. Eles o obtêm respirando o ar ou absorvendo o oxigênio da água em seu corpo. Os golfinhos vivem na água e respiram através de um orifício que têm na cabeça.

Alimentação

O longo bico do tucano é muito útil para alcançar o alimento.

Os animais tiram sua energia dos alimentos. Muitos são carnívoros, o que significa que comem carne. Outros são herbívoros, ou seja, comem plantas. E existem os chamados onívoros, que se alimentam tanto de animais quanto de plantas.

Locomoção

Os animais se movimentam de várias maneiras, como andar, pular, saltar, correr, rastejar, deslizar, voar ou nadar. Muitos deles utilizam as patas para se mover, mas outros podem usar asas ou barbatanas.

Patas traseiras poderosas permitem que os gafanhotos pulem 20 vezes o comprimento do seu corpo em um único salto.

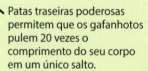

Alguns animais são capazes de trocar mensagens entre si. Isso é chamado de comunicação. Eles podem usar a voz, a cara e o corpo para se comunicar. Macacos, como este mandril, podem gritar para dar um aviso, enquanto muitas aves têm seu próprio som. Alguns animais, como os besouros, usam odores químicos para enviar uma mensagem.

Comunicação

Reprodução

Algumas fêmeas, como as focas, geram seus filhotes dentro de suas barrigas antes de dar à luz. Os filhotes podem ficar com a mãe por algum tempo para aprender a encontrar comida e evitar predadores. Outros animais, incluindo as aves e alguns répteis e insetos, põem ovos e os protegem até os recém--nascidos saírem de dentro desses ovos.

Mamãe foca

Filhote de foca

Os répteis usam suas línguas para sentir o cheiro à sua volta.

Sentidos

Para um animal permanecer vivo, é essencial que ele seja capaz de sentir o que acontece à sua volta. Os cinco principais sentidos que os animais usam são visão, audição, olfato, paladar e tato. Alguns animais têm sentidos extras e podem detectar eletricidade ou até magnetismo!

Vertebrados

Animais com coluna vertebral são chamados vertebrados. O esqueleto ósseo que eles têm sob a pele e os músculos fornecem uma estrutura firme que dá suporte ao corpo e os ajuda a se movimentar. O esqueleto de todos os vertebrados pode parecer muito diferente à primeira vista, mas ele compartilha algumas características, como crânio para proteger o cérebro.

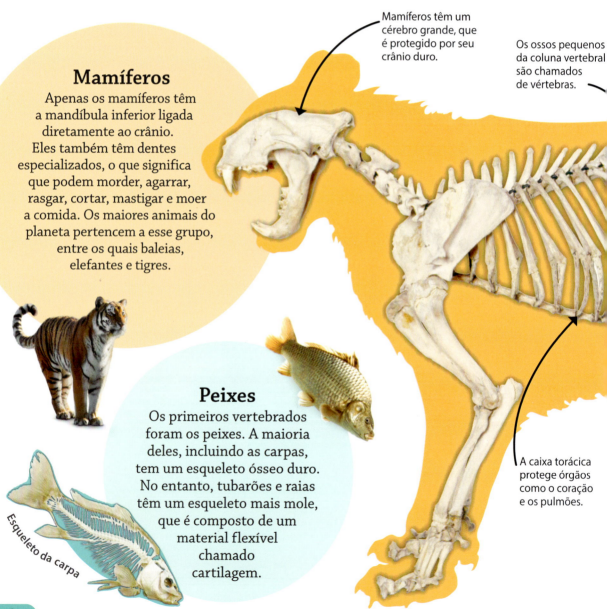

Mamíferos têm um cérebro grande, que é protegido por seu crânio duro.

Os ossos pequenos da coluna vertebral são chamados de vértebras.

Mamíferos

Apenas os mamíferos têm a mandíbula inferior ligada diretamente ao crânio. Eles também têm dentes especializados, o que significa que podem morder, agarrar, rasgar, cortar, mastigar e moer a comida. Os maiores animais do planeta pertencem a esse grupo, entre os quais baleias, elefantes e tigres.

Peixes

Os primeiros vertebrados foram os peixes. A maioria deles, incluindo as carpas, tem um esqueleto ósseo duro. No entanto, tubarões e raias têm um esqueleto mais mole, que é composto de um material flexível chamado cartilagem.

Esqueleto da carpa

A caixa torácica protege órgãos como o coração e os pulmões.

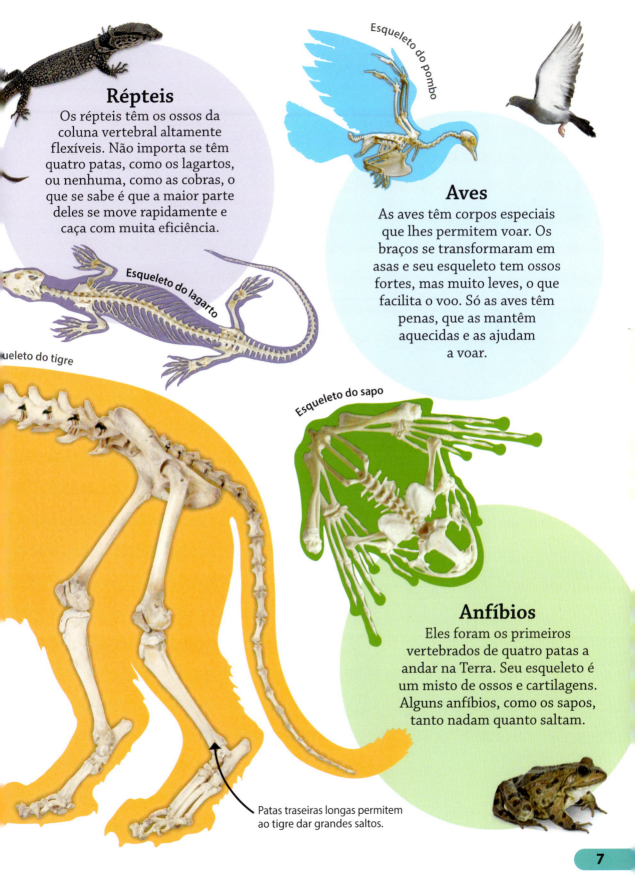

Répteis

Os répteis têm os ossos da coluna vertebral altamente flexíveis. Não importa se têm quatro patas, como os lagartos, ou nenhuma, como as cobras, o que se sabe é que a maior parte deles se move rapidamente e caça com muita eficiência.

Esqueleto do lagarto

Esqueleto do pombo

Aves

As aves têm corpos especiais que lhes permitem voar. Os braços se transformaram em asas e seu esqueleto tem ossos fortes, mas muito leves, o que facilita o voo. Só as aves têm penas, que as mantêm aquecidas e as ajudam a voar.

Esqueleto do tigre

Esqueleto do sapo

Anfíbios

Eles foram os primeiros vertebrados de quatro patas a andar na Terra. Seu esqueleto é um misto de ossos e cartilagens. Alguns anfíbios, como os sapos, tanto nadam quanto saltam.

Patas traseiras longas permitem ao tigre dar grandes saltos.

7

Mamíferos

De tamanduás a zebras, e até seres humanos, como você, os mamíferos aparecem de todas as formas e tamanhos. E uma coisa todos eles têm em comum: alimentar suas crias com leite. A maioria dá à luz seus filhotes e quase todos têm o corpo coberto por pelos.

Sangue quente
A temperatura do corpo dos mamíferos é constante. Eles produzem seu próprio calor para se manter aquecidos ou suam para esfriar. Isso significa que eles podem ser ativos em qualquer condição atmosférica.

Pelos
Apenas os mamíferos têm o corpo coberto de pelos. Alguns têm bastante pelo, o que ajuda a manter o animal aquecido e seco.

5 FATOS SOBRE OS MAMÍFEROS

1. Entre todos os mamíferos, as **lontras-marinhas** têm o pelo mais grosso. Um animal adulto pode ter o corpo coberto por 800 milhões de pelos.

2. As **elefantas** carregam seus filhotes por incríveis 22 meses antes de dar à luz.

3. O **tanreque-comum** detém o recorde de maior quantidade de filhotes por ninhada: 32 filhotes. Esse pequeno mamífero, semelhante a um porco-espinho, vive na ilha de Madagascar.

4. Os **filhotes da baleia-azul** são os maiores da Terra. Ao nascer, eles pesam cerca de 2,7 toneladas.

5. As **mamães focas-de-crista** produzem um leite com mais de 60% de gordura, o que significa que é mais gorduroso que o sorvete.

Leite

As fêmeas dos mamíferos produzem leite para alimentar seus filhotes. Eles sugam o leite, que é composto de todos os nutrientes de que eles necessitam.

Banquete para o antílope africano
Este filhote de impala mama o leite na teta da mãe enquanto ela vigia.

Tipos de mamíferos

Atualmente, existem mais de 5 mil tipos diferentes de mamíferos no mundo. Eles são divididos em três grupos, baseados na forma com que seus filhotes nascem e são criados.

Ovo de equidna

Mamíferos ovíparos
Os monotremados são os únicos mamíferos que põem ovos. As equidnas, ou tamanduás-de-espinhos, e o ornitorrinco, da Austrália, são os dois tipos de monotremados existentes atualmente.

Na Austrália, o filhote de canguru é conhecido como "*joey*".

Mamíferos marsupiais
São os mamíferos que carregam seus filhotes em uma bolsa externa, para mantê-los seguros. A Austrália é lar de muitos marsupiais, entre eles, os cangurus e os coalas.

Mamíferos placentários
Os mamíferos placentários, como os porcos, dão à luz filhotes que são mais desenvolvidos que os filhotes marsupiais. Este é o maior grupo de mamíferos, entre eles estão os seres humanos.

Onde vivem os mamíferos

Os mamíferos são as criaturas mais comuns e diferentes em terra, mas existem também os que vivem na água e no ar. Os morcegos têm asas e são o único grupo de mamíferos que pode voar. Já os aquáticos vivem no mar e têm nadadeiras flexíveis que os ajudam a nadar.

Os **ursos** são os maiores carnívoros que vivem em terra.

Os **esquilos** usam a cauda peluda para se equilibrar enquanto correm pelos galhos das árvores.

Os **camelos** armazenam gordura em suas corcovas.

As **girafas** têm o maior pescoço entre os animais.

Os **gorilas** são os maiores primatas.

Os **tamanduás** comem avidamente formigas e cupins através de seu focinho em forma de tubo.

Terra
Há mais tipos de mamíferos em terra porque existem muitos lugares diferentes em que eles podem viver. Pode ser um deserto, uma floresta fechada ou até mesmo no subsolo.

Mar
Os mamíferos que vivem no mar podem ficar submersos por longos períodos. O formato aerodinâmico de seus corpos os ajuda a serem bons nadadores.

Os **golfinhos** são nadadores rápidos e gostam de saltar para fora da água.

Os **peixes-boi** movimentam-se lentamente.

Ar

A maior parte dos morcegos é noturna, o que significa que esses animais são ativos à noite. Eles voam, caçando insetos, como as mariposas, e outros alimentos.

Os **elefantes** são os maiores animais existentes em terra.

Os **morcegos frugívoros** também são conhecidos como raposas-voadoras. Alguns se alimentam durante o dia.

Os **rinocerontes** têm a pele grossa e dura.

Os **coalas** são marsupiais (mamíferos com bolsa) e passam a maior parte do tempo em árvores.

As **zebras** vivem em grandes bandos em planícies cobertas por grama.

As **lebres** têm orelhas grandes para poder ouvir seus predadores.

Os **leopardos** são felinos grandes que caçam à noite.

Os **macacos** são muito espertos.

Os **tatus** têm a pele parecida com uma armadura.

Os **ouriços** são revestidos de espinhos pontudos para se defenderem.

As **toupeiras** cavam túneis com suas mãos em forma de pás.

As **raposas** são membros da família dos cães.

As b**aleias** são os maiores animais atualmente.

As **focas** nadam nas profundezas à procura de alimento.

As **lontras-marinhas** passam a maior parte do tempo na água.

11

Tentilhão-de-peito-roxo
Esta ave é facilmente encontrada nas pradarias africanas devido às suas penas de cores brilhantes e ao som de seu forte canto.

Penas
Penas diferentes têm formatos diferentes, dependendo de sua função. As maiores e mais fortes são as penas de voo presentes nas asas e na cauda das aves.

Zoom de uma pena de voo.

As penas de voo são compostas por diferentes partes que se unem para formar uma superfície plan

Bico
As aves não têm dentes. Em vez disso, têm um bico leve e forte para se alimentar. Os bicos têm formas diferentes, dependendo da dieta da ave. Os rolieiros se alimentam principalmente de insetos.

Aves

As aves são os únicos animais no mundo com penas, que fornecem uma cobertura quente e protetora que as auxilia no voo. Suas asas fazem delas as melhores "aviadoras" entre todos os animais voadores. Como os mamíferos, as aves têm sangue quente. No entanto, ao contrário da maioria dos mamíferos, elas põem ovos em vez de dar à luz seus filhotes.

Ovos e ninho

A maior parte das aves fêmeas constrói os ninhos onde põe seus ovos. Os filhotes se desenvolvem no interior desses ovos enquanto os pais os mantêm aquecidos, revezando-se na função de sentar sobre eles. No momento certo, os pintinhos bicam os ovos para poderem sair.

Estes ovos estão prontos para eclodir.

Cauda

A cauda é usada como leme durante o voo, ou como ponto de equilíbrio quando a ave está empoleirada ou andando no chão.

Pés

As aves são bípedes, o que quer dizer que ficam de pé e andam sobre os dois pés. Elas têm entre dois e quatro dedos, que terminam em uma garra afiada.

Asas

Em vez de braços com mãos, as aves têm asas. Elas voam batendo essas asas ou as utilizam para planar no ar. Algumas aves também podem pairar.

Tipos de aves

Existem cerca de 10 mil tipos diferentes de aves existentes no mundo. E aparecem de todas as formas, tamanhos e cores. Algumas são imponentes, como a garça, que tem bico longo e asas grandes. Outras são pequenas, mas têm o canto forte, como o melro.

Os **papagaios** têm cores brilhantes.

Os **quiuís** não voam e vivem apenas na Nova Zelândia.

Geralmente os **pombos** vivem nas cidades.

Os **falcões** têm excelente visão.

Os **patos** têm os pés palmados para nadar.

As **gaivotas** se alimentam dentro ou perto do mar.

As **garças** usam as patas longas para atravessar a água.

Os **melros** têm um lindo canto.

As **corujas** são ativas à noite.

Os **pinguins** são ótimos nadadores, mas não podem voar.

13

Répteis

Todos os répteis têm a pele seca, protegida por escamas duras ou placas córneas. Eles têm o sangue frio, o que significa que a temperatura de seu corpo corresponde ao ambiente em que vivem. A maioria das espécies de répteis come outros animais e põe ovos em terra para se reproduzir. Os lagartos são o tipo mais comum de réptil.

Pele escamosa

A pele do camaleão muda de cor de acordo com a luz e a temperatura, e com o seu humor. Se estiver bravo ou assustado, ele pode ficar vermelho, por exemplo.

Cauda

Além de ajudar o camaleão a se equilibrar, a cauda preênsil é usada para que ele se segure nos galhos.

Outros répteis

Crocodilos e jacarés andam em terra sobre as quatro patas, e usam as longas e poderosas caudas para nadar. As cobras não têm patas e se movem flexionando o corpo comprido. Tartarugas e jabutis são os únicos répteis com um casco ósseo que protege seus corpos e funciona como uma armadura.

Crocodilos e jacarés
Os maiores répteis são os crocodilos e jacarés. Eles caçam em lagos, rios e nas áreas costeiras. Suas mandíbulas fortes e os dentes afiados podem matar presas do tamanho de zebras.

Os crocodilos têm focinho mais pont do que os jacarés.

Crocodilo-siamês

Camaleão-pantera
Os camaleões são um tipo especial de lagarto que usa a cauda como um quinto membro quando eles estão subindo em árvores. Camaleões-panteras vivem em Madagascar e comem principalmente insetos.

Olho
Os dois olhos podem se mover de forma independente para olhar em diferentes direções ou ambos podem olhar para a mesma coisa, como uma presa.

Língua
A língua longa e musculosa é usada para capturar insetos, que ficam presos na ponta pegajosa.

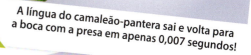

A língua do camaleão-pantera sai e volta para a boca com a presa em apenas 0,007 segundos!

Dedos
Os dois conjuntos de dedos em cada pé do camaleão têm uma pegada semelhante a uma pinça enquanto o animal se movimenta num galho de árvore.

Cobra-real

A cobra ameaçada se ergue e expande a capa de seu pescoço.

Cobras
Todas as cobras capturam presas vivas, que são engolidas inteiras. Algumas matam as presas injetando nelas o seu veneno, usando para isso seus dois dentes, chamados de presas, semelhantes a agulhas.

Tartarugas e jabutis
Os jabutis vivem em terra e andam lentamente sobre as quatro patas. As tartarugas passam a maior parte do tempo na água e têm pés palmados ou nadadeiras para nadar.

Esta tartaruga acabou de sair do ovo.

Tartaruga-leopardo

15

Anfíbios

Os anfíbios começam sua vida na água, onde respiram com guelras. A maioria dos anfíbios depois desenvolve um par de pulmões para que possam respirar quando estiverem em terra. Geralmente, sua pele é lisa e precisa permanecer úmida. É por isso que os anfíbios ficam próximos a locais úmidos quando estão fora d'água.

Sapos

Embora se pareçam com as rãs, os sapos são maiores, têm patas mais curtas e a pele mais seca. Eles passam mais tempo em terra que as rãs.

Pele com calombos através da qual os sapos podem respirar.

Sapo-verde-europeu

Rãs

Ao contrário dos outros anfíbios, as rãs e os sapos não têm cauda quando adultos. Eles são os mais comuns e os mais conhecidos de todos os anfíbios. As rãs comem presas vivas, como insetos, capturando-as com a língua longa e pegajosa.

Rã comum

Cauda achatada para nadar.

As ovas das rãs consistem em centenas de ovos negros envolvidos em uma espécie de geleia protetora, e são postas na água pelas fêmeas.

Pés palmados nas pontas das longas patas traseiras ajudam as rãs a nadar.

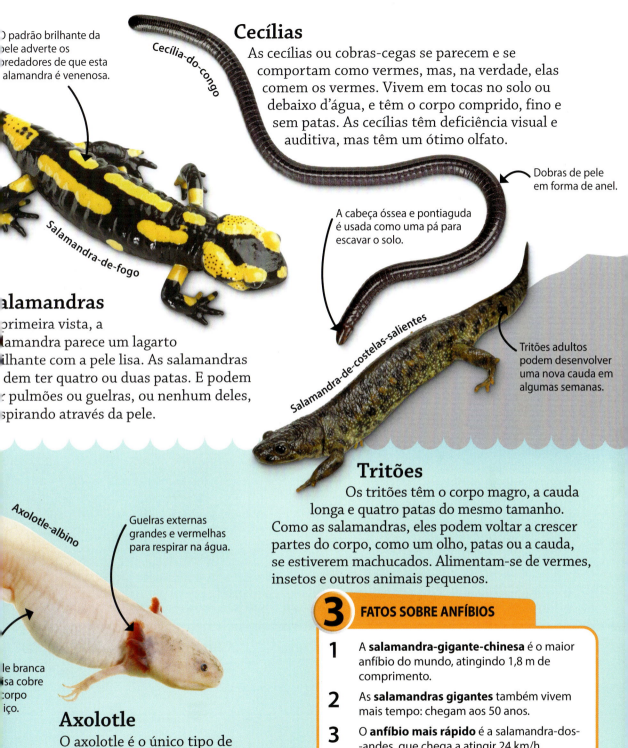

O padrão brilhante da pele adverte os predadores de que esta salamandra é venenosa.

Cecílias

As cecílias ou cobras-cegas se parecem e se comportam como vermes, mas, na verdade, elas comem os vermes. Vivem em tocas no solo ou debaixo d'água, e têm o corpo comprido, fino e sem patas. As cecílias têm deficiência visual e auditiva, mas têm um ótimo olfato.

Cecília-do-congo

Dobras de pele em forma de anel.

A cabeça óssea e pontiaguda é usada como uma pá para escavar o solo.

Salamandra-de-fogo

Salamandras

À primeira vista, a salamandra parece um lagarto brilhante com a pele lisa. As salamandras podem ter quatro ou duas patas. E podem ter pulmões ou guelras, ou nenhum deles, respirando através da pele.

Salamandra-de-costelas-salientes

Tritões adultos podem desenvolver uma nova cauda em algumas semanas.

Tritões

Os tritões têm o corpo magro, a cauda longa e quatro patas do mesmo tamanho. Como as salamandras, eles podem voltar a crescer partes do corpo, como um olho, patas ou a cauda, se estiverem machucados. Alimentam-se de vermes, insetos e outros animais pequenos.

Axolotle-albino

Guelras externas grandes e vermelhas para respirar na água.

Pele branca lisa cobre o corpo todo.

Axolotle

O axolotle é o único tipo de salamandra que passa a vida toda na água. Jamais desenvolve as características adultas que permitiriam que ele se movesse em terra, mas mesmo assim pode se reproduzir.

3 FATOS SOBRE ANFÍBIOS

1. A **salamandra-gigante-chinesa** é o maior anfíbio do mundo, atingindo 1,8 m de comprimento.

2. As **salamandras gigantes** também vivem mais tempo: chegam aos 50 anos.

3. O **anfíbio mais rápido** é a salamandra-dos-andes, que chega a atingir 24 km/h.

17

Peixes

Existem cerca de 32 mil tipos de peixes nos oceanos, lagos e rios do mundo. Eles se dividem em três grupos. Os peixes ósseos têm um esqueleto ósseo leve, mas forte, e são, de longe, o maior grupo. Os peixes cartilaginosos, que incluem tubarões e raias, têm o esqueleto feito de um material flexível chamado cartilagem. E os peixes sem mandíbulas, que é um grupo composto apenas pelas lampreias.

Peixe-dourado

Guelras
Em vez de pulmões, os peixes respiram pelas guelras, ou brânquias, posicionadas de cada lado da cabeça. A água entra pela boca do peixe e sai pelas guelras, que retiram o oxigênio da água.

Piranha

Dentes
Os peixes têm diferentes tipos de dentes, dependendo daquilo que comem. Os peixes que comem carne têm dentes pontudos para cortar a presa. As piranhas têm dentes pequenos e afiados como navalhas.

Bolsa de sereia

Ovos
Muitos peixes fêmeas liberam milhares de ovos na água, mas alguns ovos têm uma proteção especial. A "bolsa de sereia" é uma espécie de cápsula que envolve cada ovo de alguns tubarões.

Peixe-anjo

Barbatanas
As barbatanas dos peixes são encontradas em diferentes partes do corpo. Elas são usadas para eles nadem para cima ou para baixo, virem para qualquer lado servem de freio, impedindo que o peixe se movimente.

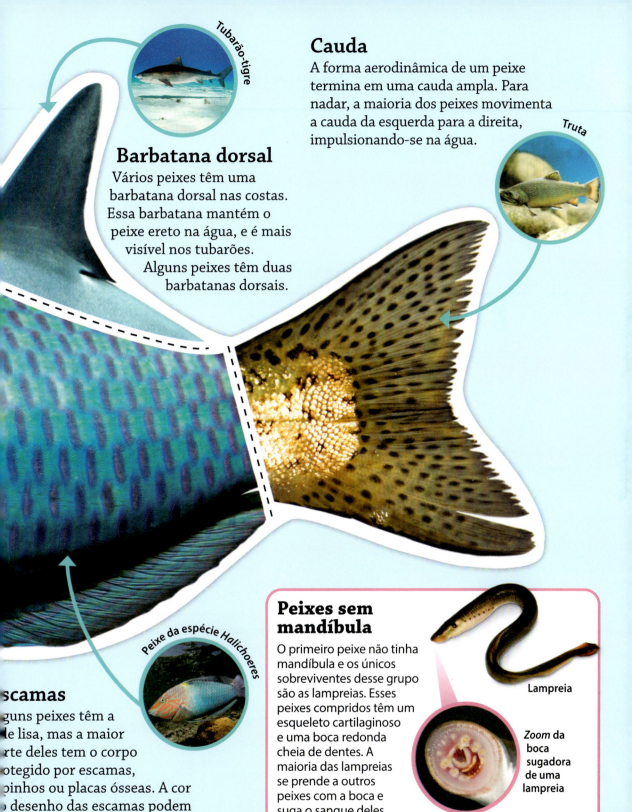

Tubarão-tigre

Cauda
A forma aerodinâmica de um peixe termina em uma cauda ampla. Para nadar, a maioria dos peixes movimenta a cauda da esquerda para a direita, impulsionando-se na água.

Truta

Barbatana dorsal
Vários peixes têm uma barbatana dorsal nas costas. Essa barbatana mantém o peixe ereto na água, e é mais visível nos tubarões. Alguns peixes têm duas barbatanas dorsais.

Peixe da espécie Halichoeres

scamas
guns peixes têm a
e lisa, mas a maior
rte deles tem o corpo
otegido por escamas,
pinhos ou placas ósseas. A cor
o desenho das escamas podem
dar o peixe a se esconder dos
edadores ou atrair um parceiro.

Peixes sem mandíbula
O primeiro peixe não tinha mandíbula e os únicos sobreviventes desse grupo são as lampreias. Esses peixes compridos têm um esqueleto cartilaginoso e uma boca redonda cheia de dentes. A maioria das lampreias se prende a outros peixes com a boca e suga o sangue deles.

Lampreia

Zoom da boca sugadora de uma lampreia

19

Invertebrados

Os animais sem coluna vertebral são chamados de invertebrados. Eles são, de longe, o maior grupo de animais e compõem a maior parte da vida na Terra. Em vez de esqueleto ósseo, seus corpos utilizam outras substâncias que fornecem apoio ou proteção, como fluidos ou conchas.

As águas-vivas, ou medusas, são encontradas em todos os oceanos.

Medusa-da-lua

Polvo

Escorpião-vinagre

Tarântula

As aranhas têm oito patas e a maioria tem oito olhos.

Aracnídeos
Todos os aracnídeos têm o corpo dividido em dois segmentos principais e quatro pares de patas. A maioria das aranhas tem presas venenosas, ao passo que os escorpiões têm um ferrão na cauda.

Aranha-chicote

Caracol

Moluscos
Os moluscos têm uma grande variedade de tipos de corpo. Corpo esse que em todos eles é mole. Muitos têm uma carapaça protetora. A maior parte adora água, mas há também moluscos terrestres, como algumas lesmas e caracóis.

Amêijoa gigante

Lesma

Escorpião

Borboleta

Aranha-tecedeira

Inseto

Formigas

Libélula

Caranguejo-aranha

Insetos
Estas minúsculas criaturas têm três pares de patas e o corpo dividido em três partes. Elas usam as duas antenas que têm na cabeça para tocar, cheirar e sentir o sabor. Muitos insetos também têm asas.

Vespa

Bicho-pau

Alguns insetos, como esta vespa, podem picar e alguns têm uma mordida forte.

Louva-a-deus

Joaninha

Esperança

Mosca

Besouro

20

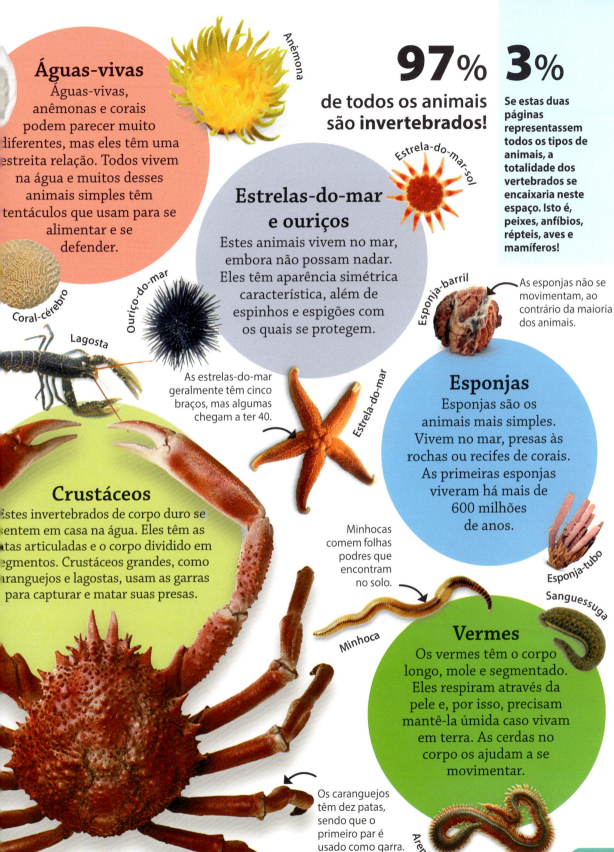

Águas-vivas
Águas-vivas, anêmonas e corais podem parecer muito diferentes, mas eles têm uma estreita relação. Todos vivem na água e muitos desses animais simples têm tentáculos que usam para se alimentar e se defender.

97% de todos os animais são invertebrados!

3%
Se estas duas páginas representassem todos os tipos de animais, a totalidade dos vertebrados se encaixaria neste espaço. Isto é, peixes, anfíbios, répteis, aves e mamíferos!

Estrelas-do-mar e ouriços
Estes animais vivem no mar, embora não possam nadar. Eles têm aparência simétrica característica, além de espinhos e espigões com os quais se protegem.

As esponjas não se movimentam, ao contrário da maioria dos animais.

As estrelas-do-mar geralmente têm cinco braços, mas algumas chegam a ter 40.

Esponjas
Esponjas são os animais mais simples. Vivem no mar, presas às rochas ou recifes de corais. As primeiras esponjas viveram há mais de 600 milhões de anos.

Crustáceos
Estes invertebrados de corpo duro se sentem em casa na água. Eles têm as patas articuladas e o corpo dividido em segmentos. Crustáceos grandes, como caranguejos e lagostas, usam as garras para capturar e matar suas presas.

Minhocas comem folhas podres que encontram no solo.

Vermes
Os vermes têm o corpo longo, mole e segmentado. Eles respiram através da pele e, por isso, precisam mantê-la úmida caso vivam em terra. As cerdas no corpo os ajudam a se movimentar.

Os caranguejos têm dez patas, sendo que o primeiro par é usado como garra.

21

Insetos

Existem mais insetos na Terra que qualquer outro grupo de animais. Até agora mais de um milhão de diferentes espécies foram encontradas, mas pode haver até 10 milhões! Seu tamanho diminuto e a capacidade de voar significam que os insetos são encontrados nos mais variados habitats ao redor do mundo.

Partes do corpo dos insetos

O corpo de um inseto é dividido em três partes. A cabeça abriga o cérebro e sustenta os olhos, as antenas e os aparelhos bucais. Todos os insetos possuem seis patas no tórax e muitos têm asas. O abdome contém os órgãos de digestão e reprodução.

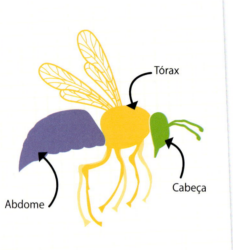

Vespa comum
Este inseto vibra em busca de comida. Suas listras pretas e amarelas são um aviso de que sua picada é dolorida.

O ferrão pode ser usado várias vezes.

Insetos úteis

Embora alguns insetos sejam pragas, eles são importantes para muitos seres vivos, particularmente plantas com flores. Eles são a principal fonte de alimento para muitos animais. Também para o homem alguns insetos são úteis.

Casulo do bicho-da-seda

Mariposa do bicho-da-seda
O bicho-da-seda tece um casulo ao redor de si quando está pronto para se transformar numa mariposa adulta. Há mais de 5 mil anos, os humanos usam os fios dessa seda para fazer tecidos.

Mariposa do bicho-da-seda adulta

Asas
As vespas têm dois pares de asas transparentes, que elas batem vigorosamente para voar rápido, virar e pairar.

Antenas
Todos os insetos têm duas antenas que são usadas para tocar, cheirar e sentir os sabores do seu entorno.

Olho composto ampliado várias vezes.

Olhos
Seus dois grandes olhos compostos, que têm milhares de minúsculas lentes, indicam que os insetos são excelentes para detectar algo em movimento.

Zoom das mandíbulas

Partes da boca
A maioria dos insetos tem mandíbulas ou aparelho bucal picador. Por trás das mandíbulas, há tubos fininhos que eles usam para sugar alimentos líquidos como o néctar.

Patas
Os insetos têm três pares de patas articuladas, que eles usam para andar e agarrar. Alguns também são excelentes saltadores.

Abelha sugando o néctar.

Abelhas
As abelhas são importantes porque polinizam as flores, inclusive as de algumas safras de comida. O mel doce das abelhas é produzido a partir do néctar das flores.

Insetos comestíveis
Por serem ricos em proteínas, os insetos servem de alimento para cerca de 27% da população mundial. Grilos crocantes são um lanche popular em alguns lugares do mundo.

Grilos secos

23

Checklist de habitats

Alimento ✓
Os animais precisam de alimento para viver e crescer. Todos os habitats têm plantas, que produzem alimento a partir da luz solar. Os animais comem plantas ou outros animais, ou ambos: plantas e animais.

Água ✓
Todos os seres vivos precisam de água. Chuva e neve podem ser fontes de água doce. Em lugares onde há pouca água, a água existente no interior dos alimentos pode ajudar os animais a sobreviverem.

Abrigo ✓
Dependendo do tipo de habitat, o abrigo pode ser uma árvore, toca, ninho ou rocha. Animais buscam abrigo para se esconder de predadores e fugir do calor ou do frio extremos.

O que é um habitat?

Habitat é o lugar onde um animal ou planta pode encontrar o que ele necessita para viver, incluindo alimento, água e abrigo. Existe todo tipo de habitats ao redor do mundo. Um dos mais importantes é a floresta tropical, porque diferentes tipos de animais e plantas vivem nela. As florestas tropicais são encontradas sobretudo na América do Sul, na África e no Sudeste Asiático.

Orangotangos
As florestas de Bornéu e Sumatra, no Sudeste Asiático, são os únicos locais onde vivem os orangotangos. Eles comem frutas, folhas e flores e bebem água das folhas encharcadas pela chuva. Eles também constroem ninhos nas árvores para dormir.

Moradores da floresta tropical

As florestas tropicais são repletas de vida. O clima quente e úmido é ideal para plantas, o que significa muita comida para os animais. Aves fazem ninhos na copa das árvores, macacos balançam nos galhos, e grandes predadores, como os leopardos, vigiam o solo da floresta.

Louva-a-deus-gigante-da-floresta-tropical
Um dos maiores louva-a-deus da Austrália, este inseto feroz tem um grande apetite. Ele se alimenta de outros insetos, como borboletas e libélulas.

Lagarto-rabo-de-macaco
Alpinista habilidoso, o lagarto-rabo-de-macaco vive nas Ilhas Salomão, perto da Austrália. Ele se alimenta de frutas e folhas, usando a cauda flexível para se agarrar aos galhos.

25

Tipos de habitat

De desertos escaldantes a montanhas cobertas de neve, o mundo é formado por muitos habitats diferentes. Os animais escolhem aquele em que a temperatura, o clima e alimentos lhes são mais adequados. Diferentes tipos de animais e plantas vivem lado a lado na maioria dos habitats.

Montanhas
Os picos nevados e as encostas mais baixas das frias montanhas são o lar de alguns animais resistentes. Qualquer terreno com mais de 600 m de altura é chamado de montanha.

Florestas
Mais animais vivem em florestas do que em qualquer outro habitat em terra. Os três principais tipos de floresta são as florestas tropicais úmidas, as florestas tropicais temperadas e as florestas de coníferas frias.

Pradarias
Pradarias quentes, que têm uma estação chuvosa e uma estação seca, são chamadas de campos tropicais. Já as pradarias temperadas têm um pouco de chuva durante o ano todo e as estações quente e fria.

Desertos
Um dos habitats mais difíceis do mundo para se viver é o deserto, porque nele cai menos de 250 mm de chuva em um ano. As temperaturas são altas durante o dia e muito frias à noite.

Polos
As regiões polares do Ártico e da Antártida são mundos congelados de calotas polares flutuantes e ventos uivantes. Esses lugares extremos são terras vazias com poucas plantas ou animais.

Oceanos
Os oceanos do mundo formam dois terços da superfície do nosso planeta. Os cientistas acreditam que esse enorme habitat é o lar de milhões de diferentes tipos de animais que ainda não foram descobertos.

Micro-habitats
Um micro-habitat é um habitat em miniatura. Ele pode ser tão pequeno quanto o espaço sob uma pedra. A menor diferença na temperatura ou na quantidade de umidade fará com que um micro-habitat seja mais atrativo para um tipo de animal do que para outro. Uma piscina de pedra à beira-mar é um exemplo de micro-habitat e é o lar de muitos seres vivos.

Piscina de pedra

Águia-dourada
Estas aves de rapina fazem seus ninhos no alto das montanhas. Sua excelente visão as ajuda a localizar as presas, como uma pequena lebre a 3 km de distância.

Urso-pardo
As árvores fornecem uma cobertura folhosa para os ursos-pardos que estão à procura de comida. O pelo grosso os mantém aquecidos nos invernos frios das florestas de coníferas.

Gnus
As pradarias tropicais da África são chamadas de savanas. Os gnus se alimentam de capim, mas eles precisam se deslocar durante a estação seca para encontrar alimento.

Víbora-do-deserto
As cores dessa serpente se fundem com a areia do deserto para escondê-la de predadores e presas. Ela tira a água dos lagartos que come.

Lebre-ártica
Um fofinho pelo branco ajuda a lebre-ártica a se camuflar na paisagem gelada. Em tempestades severas, essas lebres escavam abrigos de neve para se manterem aquecidas.

Peixes tropicais
Vários tipos diferentes de coloridos peixes tropicais vivem em águas quentes, geralmente em volta dos recifes de corais. Os recifes são o lugar ideal para que eles vivam, se escondam e busquem alimento.

Profundezas e escuridão

Os grandes abismos do oceano estão a mais de 1.000 m sob a superfície. Esse habitat extremo tem enormes desafios para os animais que ali vivem. Peixes e outras espécies marinhas vivem em escuridão permanente, temperaturas muito baixas, com pouca comida e com a esmagadora pressão da enorme quantidade de água acima deles. Os cientistas só conseguem ver esses animais fazendo uso de um veículo especial chamado submersível.

Peixe-ogro
Muitos peixes das profundezas, como este peixe-ogro, têm mandíbulas que podem se esticar e dentes afiados, prontos para abocanhar qualquer alimento que estiver à sua frente. Com cerca de 15-18 cm de comprimento, o peixe-ogro tem os maiores dentes se compararmos seu tamanho ao de qualquer outro peixe.

Carambola-do-mar
Também conhecidas como água-viva-de-pente, as carambolas-do-mar são invertebrados com o corpo coberto por oito fileiras de milhares de minúsculos pelos, chamados pentes. Elas se movimentam batendo esses pentes.

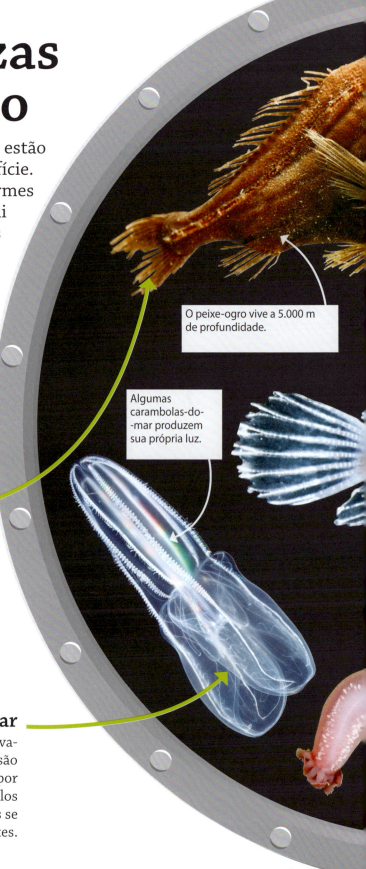

O peixe-ogro vive a 5.000 m de profundidade.

Algumas carambolas-do-mar produzem sua própria luz.

Sobrevivente radical

Não existe nada mais resistente que um tardígrado. Também chamados de "ursos da água", esses minúsculos animais, que geralmente têm menos de 1 mm de comprimento, podem viver nos oceanos mais profundos. Eles também podem sobreviver a condições secas, a serem congelados ou fervidos. Tardígrados podem viver até no espaço!

Polvo-dumbo

Mais que qualquer outro tipo de polvo, os polvos-dumbo vivem nos maiores abismos dos oceanos. Eles se deslocam no solo marinho a profundidades de até 4.000 m em busca de presas.

As grandes barbatanas lembram as orelhas de um elefante.

Como uma isca numa vara de pesca, esta barbatana brilhante atrai as presas.

Peixe-diabo-negro

Em vez de nadar ao redor da presa, o peixe-diabo-negro atrai a presa que estiver a seu alcance. Ele tem a boca enorme e pode engolir presas inteiras.

Pepino-do-mar

Estes animais marinhos são chamados de pepinos-do-mar por terem a forma semelhante e, às vezes, a cor do vegetal. Seus parentes mais próximos são os ouriços e as estrelas-do-mar.

Os pepinos-do-mar procuram restos no solo dos oceanos.

29

Casas dos animais

Não há lugar melhor que o lar, e os animais são arquitetos incríveis. Eles são construtores criativos e fazem os mais diferentes tipos de casas para viver ou ter seus filhotes. Segurança, abrigo e calor são características importantes em uma casa, seja no alto das copas das árvores ou no chão. A natureza fornece materiais de todos os tipos, como grama, gravetos e lama, para que os animais construam suas casas.

Cova

Raposas e ursos constroem covas. O urso-polar fêmea escava sua cova na neve do Ártico, onde ela dá à luz no inverno e, por três meses, cuida dos filhotes até que eles estejam prontos para viverem sozinhos.

Teia

Alguns animais produzem seus próprios materiais. As aranhas têm um órgão especial, chamado fieira, que tece a seda na parte de trás do corpo. Com essa seda, elas constroem teias intrincadas que são usadas para capturar as presas.

Toca

Os atarefados castores escolhem locais aquosos para construir sua morada por serem excelentes nadadores. Lama e galhos de árvores são usados para fazer uma estrutura segura com acessos submersos para impedir a entrada dos predadores.

Uma família de castores dentro de sua toca.

Covil

Os texugos cavam fundo para construir redes de câmaras e túneis subterrâneos. Essas criaturas tímidas saem de seus covis à noite para se alimentar.

Ninho esférico

O que parece um emaranhado de gravetos numa árvore pode ser a casa de um esquilo. Os ninhos esféricos são construídos com folhas, galhos e musgo. No inverno, esses ninhos são maiores e mais forrados para manter os esquilos ainda mais aquecidos.

Ninho

ão só as aves fazem ninhos. s vespas constroem nhos usando um pel que elas oduzem ao astigar madeira e antas. Essas truturas fortes são eais para pôr ovos e idar das crias.

Cupinzeiro

Pequenos cupins trabalham em equipe para erguer montes poderosos que podem chegar a 10 m de altura! Esses montes são feitos com a saliva do cupim e esterco misturados com o solo. Buracos nas paredes deixam o ar entrar e esfriar o monte.

Cupins trabalhando dentro do monte.

Concha

magine carregar sua casa nas stas! Os caranguejos-eremitas am conchas vazias para ver dentro delas. uando a concha fica quena demais para caranguejo em senvolvimento, e procura na maior.

31

Adaptação

Se um animal se ajustou bem ao seu habitat, dizemos que ele tem adaptação. Quanto mais adaptado, maior probabilidade ele terá de sobreviver. Por exemplo, as penas grossas de um pinguim são a perfeita adaptação para que ele se mantenha aquecido na neve, mas o aqueceriam demais no deserto.

No deserto

Desertos arenosos são lugares quentes e com pouca água. Alguns animais, como os camelos, se adaptaram bem a esse ambiente. Eles podem sobreviver sem água por vários dias; têm um estoque de gordura em sua corcova, o que lhes garante energia; e cílios longos que impedem a entrada de areia.

Penas escuras absorvem calor, o que, no deserto, deixariam o pinguim aquecido demais.

O bico é per para pegar peixes, mas não são encontrados deserto.

Para aquecer, penas densas cobrem uma espessa camac de gordura. O pinguim ficaria superaquecido na areia quente

Asas pequenas são usadas par nadar, mas aqu não há onde mergulhar.

Dromedário

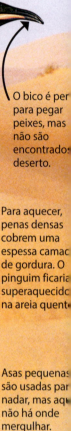

Pinguim-imperador
Esta ave tem muitas coisas que a ajudam a se manter aquecida na gelada Antártida. Se você o colocasse no deserto, ele se superaqueceria rapidamente.

32

Diabo-espinhoso
O diabo-espinhoso vive nos desertos da Austrália. Ao contrário das penas ou pelos, as escamas perdem calor rapidamente, por isso, se vivesse na neve, esse lagarto congelaria.

Na neve
É um desafio se manter aquecido em lugares com neve. A raposa-do-ártico tem uma espessa camada de pelo que a mantém confortável. Seu pelo é cinza no verão, mas, no inverno, ele se torna branco para camuflá-la na neve. Isso a ajuda a espreitar a presa.

As cores que geralmente escondem esse lagarto na areia o fariam se sobressair na neve.

O diabo-espinhoso gosta de comer formigas, mas seria dificílimo encontrá-las em lugares gelados.

Raposa-do-ártico

o fundo do mar
uitos tipos de animais se adaptam m à vida no mar salgado. O corpo rodinâmico do tubarão-de-pontas-egras o ajuda a deslizar pelo eano e, como todos os tubarões, tem guelras que permitem a spiração debaixo d'água.

O coaxar dos machos, usado para atrair parceiras, não seria ouvido embaixo d'água.

Rã-verde
As rãs precisam de água doce para viver. Se uma rã-verde caísse no mar, a grande quantidade de sal seria tóxica e ela morreria.

Tubarão-de-pontas-negras

As patas traseiras fortes são muito úteis para o nado, mas esta rã prefere viver em terra.

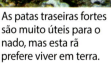

Dentes

Uma visitinha básica a um dentista pode revelar o que os animais comem. Curiosamente, a maioria dos animais não tem dentes. Porém, alguns deles, como os répteis, têm apenas um tipo de dente. Já os mamíferos têm três tipos de dentes: os incisivos, que ficam na frente da boca, cortam a comida; os dentes caninos, nas laterais, prendem e rasgam; e os molares, encontrados na parte de trás da boca, mastigam e trituram a comida.

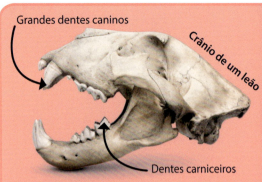

Grandes dentes caninos
Crânio de um leão
Dentes carniceiros

Carnívoro
Animais que só comem carne são chamados de carnívoros. Entre eles estão os leões, tigres e lobos. Eles têm caninos longos e pontudos, que usam para cravar e segurar. Os afiados dentes carniceiros funcionam como tesouras para cortar a carne em pedaços antes de engolir.

UAU!
Os **caracóis** têm **mais dentes** que qualquer outro animal. Eles têm **centenas de pequenos dentes** alinhados em fileiras.

Leão
Seus dentes podem ter sido feitos para matar, mas os leões machos deixam para as fêmeas todo o trabalho da caça. Quando elas capturam uma presa, como uma zebra, o macho é sempre o primeiro a comer.

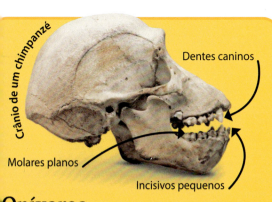

Crânio de um chimpanzé
- Dentes caninos
- Molares planos
- Incisivos pequenos

Crânio de uma zebra
- Incisivos grandes
- Molares planos e largos

Onívoros
Animais que têm uma dieta mista, com carne, frutas e plantas, são chamados de onívoros. Seus incisivos, caninos e molares dão a eles uma mistura de dentes afiados e planos que são usados para comer os diferentes tipos de alimentos. Guaxinins, ouriços, chimpanzés e humanos são exemplos de onívoros.

Herbívoros
Animais que comem plantas, como ovelhas, vacas e zebras, são chamados de herbívoros. Eles usam seus dentes incisivos para cortar pedaços de grama e folhas. Seus dentes molares fortes têm uma grande superfície plana, usada para mastigar a comida dura por um longo tempo antes de engolir.

impanzé
manos e chimpanzés
n parentesco. Os dois
n 32 dentes, mas os
mpanzés têm os
ninos maiores que
do homem.

Zebra
As zebras vivem nas imensas planícies de gramíneas da África. Estão sempre em movimento para encontrar o melhor pasto para comer.

35

Cadeia alimentar

Nenhum ser vivo pode sobreviver sem comida. Uma cadeia alimentar mostra como um específico conjunto de plantas e animais está ligado pelo "quem come o quê". Cada seta em uma cadeia alimentar significa "é comido por". A cadeia termina quando chega a um animal que não tem predadores naturais. Se um elo for removido, a cadeia será interrompida.

Folhas

Produtor
Quase toda cadeia alimentar começa com uma planta. Essa planta é chamada de "produtor" porque cria, ou produz, sua própria comida, combinando a energia da luz do sol com a água e o ar.

Complete as cadeias alimentares

Você sabe qual dos animais abaixo se encaixa nas duas cadeias alimentares incompletas?

1
Coiote
Este membro selvagem da família dos cães vive nos Estados Unidos, esbaldando-se de animais, insetos e frutas.

2
Orca
O maior membro da família dos golfinhos vive nos oceanos e se alimenta de aves e animais marinhos.

3
Polvo
Este animal incomum usa seus seis braços e as duas patas (oito tentáculos no total) para procurar peixes e caranguejos.

4
Gazela
Em casa, na África ou na Ásia, este antílope salta pelas planícies, alimentando-se de gramíneas e arbustos.

A Fitoplâncton

Fitoplânctons são plantas minúsculas.

B Grama

36

Lagarta

Pintarroxo

Coruja

Consumidor primário

Os herbívoros se alimentam de plantas. Eles são os primeiros, ou primários, animais na cadeia alimentar e comem, ou consomem, os produtores. Uma lagarta é um consumidor primário porque ela come folhas.

Consumidor secundário

Animais que comem herbívoros são os consumidores secundários. Eles podem ser carnívoros, que comem outros animais, ou onívoros, que comem animais e plantas. Um pintarroxo é um consumidor secundário.

Consumidor terciário

Consumidores terciários são principalmente carnívoros. Eles se alimentam dos consumidores secundários. Esta coruja é o fim dessa cadeia alimentar, e não é comida por nenhum outro animal, mas outras cadeias alimentares podem ser maiores ou menores.

Krill

Pinguim

?

Dica:
Só um grande animal marinho poderia comer um pinguim.

Leão

?

Dica:
Para satisfazer o enorme apetite de um leão, é necessária uma grande refeição.

Superpredador

Um animal no topo de uma cadeia alimentar é chamado de superpredador. Esses animais não são caçados por ninguém. Um exemplo é o leão africano, que mata suas presas, mas não tem predadores naturais com os quais tenha que se preocupar.

Respostas: A2, B4

37

Tocaia

Uma raposa-vermelha tem uma audição tão boa que pode detectar roedores, como lemingues e ratos, movimentando-se em seus túneis a 1 m abaixo da neve. Ela persegue a presa silenciosamente, pronta para atacar a qualquer momento.

As orelhas da raposa localizam até mesmo os mais baixos sons da movimentação.

As patas traseiras lançam a raposa no ar.

As patas da frente se erguem, prontas para atacar.

Ataque

A raposa mergulha a cabeça na neve, usando a garras afiadas para cavar fundo até encontrar a presa.

Caça

Animais carnívoros precisam encontrar alimento para sobreviver. Eles precisam detectar, vigiar e capturar a presa o tempo todo. As técnicas de caça são ensinadas desde cedo pelos pais durante as brincadeiras. Predadores individuais, como as raposas, usam habilidade e velocidade para capturar suas presas, enquanto animais que vivem em bandos, como os lobos, trabalham em equipe para capturar animais maiores.

! UAU!

O **grande tubarão-branco pode sentir cheiro de sangue** na água a **5 km de distância**.

Cultivo e pastoreio

As formigas-cortadeiras (saúvas) são os agricultores do mundo dos insetos e trabalham em equipe para produzir os fungos que comem. Essas formigas carregam as folhas para o ninho para que o fungo cresça. Outras formigas armazenam os grupos de pequenos insetos herbívoros, os chamados pulgões, e se alimentam do néctar que eles produzem.

Formiga carregando uma folha na mandíbula.

Formiga se alimentando de néctar.

O corpo da raposa pousa diretamente em cima do alvo.

A cabeça fica completamente enterrada na neve.

Sucesso!

A raposa encontrou seu alimento, capturando o roedor com suas mandíbulas fortes antes de trazê-lo para a superfície, onde vai comer.

O roedor não tem a menor chance de escapar das mandíbulas da raposa.

39

Defesas

Sobreviver no mundo animal não é fácil. Com a ameaça constante de predadores, os animais adotaram todos os tipos possíveis de defesa para se proteger. Para alguns, a melhor forma de defesa é o ataque. Esses animais mordem ou chutam, ou contam com o veneno. Outros escolhem ser discretos, escondendo-se do perigo ou fingindo estar mortos.

ESPINHOS

LAGARTA DA BORBOLETA-CARTEIRO

Pequenos animais podem tentar parecer ferozes para evitar que sejam comidos. Algumas lagartas desenvolvem grandes espinhos para dificultar ainda mais a tarefa. Essas lagartas mantêm o veneno das plantas que comem para se tornarem venenosas também.

ASSUSTAR

LOUVA-A-DEUS

O louva-a-deus usa uma combinação de defesas. Geralmente, é difícil identificá-lo porque ele parece uma folha seca. No entanto, se algum predador se aproxima demais, o bicho-folha abre os braços e as asas, exibindo cores brilhantes que surpreendem e afugentam o agressor.

FINGIR DE MORTO

GAMBÁ-DE-VIRGÍNIA

Alguns animais fingem a própria morte para evitar que sejam comidos. Se um gambá-de-virgínia vir um predador, ele se enrola e para de se mexer. Esse estado pode durar horas, fazendo com que realmente pareça que ele está morto. Ele até libera um odor podre, para que os predadores o deixem em paz e partam em busca de presas frescas.

CARAPAÇA

TATU

Para animais que andam devagar, a carapaça pode ser um salva-vidas. Uma carapaça ou uma pele dura pode ser um verdadeiro desafio para um predador. O tatu-bola tem o corpo coberto por placas ósseas sobrepostas. Quando ele enrola o corpo formando uma bola, não há como um caçador faminto chegar à sua cabeça ou à barriga macia.

! UAU!

Lagartos como o **tokai** têm um truque para escapar do perigo. Se um **predador agarra sua cauda, ela se solta** e o animal pode **fugir**!

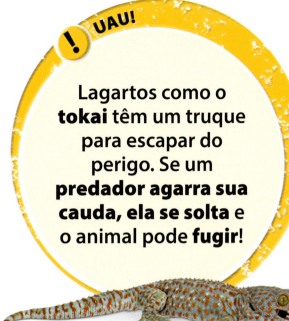

MAU CHEIRO

GAMBÁ

O mau cheiro pode manter os predadores afastados, especialmente quando esse cheiro lembra o de um ovo podre! Os gambás são muito lentos para fugir rapidamente, por isso liberam um líquido fedorento pelo bumbum. É um "perfume" tão poderoso que pode ser detectado a 1,6 km de distância.

CARDUME

PARGOS

Um peixe pequeno vagando sozinho é alvo fácil para os predadores. Algumas espécies ficam juntas aos milhares. Cada peixe individualmente se perde no meio de tantos outros, por isso é muito mais difícil para uma vítima ser escolhida por um predador.

41

Camuflagem

Animais usam cores, desenhos e até formas para se mesclar ao seu ambiente. Isso recebe o nome de camuflagem e alguns animais são mestres nessa arte. O perigo faz parte da vida no reino animal, mas a camuflagem é uma ótima técnica de sobrevivência para evitar predadores famintos ou surpreender as presas.

Descubra a mariposa!
Tente encontrar uma mariposa escondida nesta casca de árvore.

Esconde-esconde

Existem muitas maneiras pelas quais um animal se esconde de outro. Alguns copiam um objeto, como uma flor, ou mudam totalmente de cor, enquanto outros animais se juntam para ter segurança por estar em um grande grupo.

Lagartixa-satânica-cauda-de-folha

Qualquer semelhança
É um graveto? Ou uma folha? Não! É uma lagartixa-satânica-cauda-de-folha. Alguns animais imitam (copiam) um objeto que está à sua volta, como uma folha morta, e assim o predador não os reconhece.

Bando de zebras

Enxergando em dobro
Listras oferecem uma ótima camuflagem por causa das pastagens e folhagens. Diante de um rebanho de zebras, um predador terá muita dificuldade para escolher um único alvo no mar de listras.

Mariposa disfarçada
É fácil não perceber uma *Biston betularia*, mas olhe de novo. Quando essa mariposa pousa em uma árvore, suas asas desenhadas se misturam perfeitamente com a casca.

Você consegue ver a aranha-caranguejo capturando a mosca-das-flores?

Mudança de cor
Algumas aranhas-caranguejo podem mudar sua cor do branco para o amarelo para ficarem iguais às flores em que vivem. Elas então se aproximam de suas presas, como essa mosca-das-flores.

43

Atraindo um parceiro

No reino animal, geralmente são os machos que precisam conquistar a parceira. Ao exibir boa aparência ou sua melhor coreografia, eles demonstram às fêmeas que são saudáveis e fortes. Eles estão dispostos a provar que são os melhores pais para suas futuras crias.

Um grande número de ocelos coloridos atrai a atenção da fêmea.

Exibição
O ritual de acasalamento do pavão é um show deslumbrante no qual ele exibe sua linda cauda de penas desenhadas. A pavoa observa aquele leque de plumas coloridas para decidir se ele é o companheiro adequado.

A pavoa tem uma cauda sem graça, de penas castanhas, que a ajuda a se esconder dos predadores.

A cauda do pavão pode ter até 150 penas.

Atração animal

Os machos não se contentam apenas com exibições visuais. Alguns vão além na hora de encontrar uma parceira, como dar presentes ou brigar com outro macho para ver quem é o mais forte.

Este macho de aranha-creche está presenteando a fêmea com um inseto envolto em seda para convencê-la a escolhê-lo como companheiro.

O pássaro-cetim macho tem um belo ritual para atrair a fêmea: ele decora o ninho com seus itens coloridos favoritos.

Os machos da girafa lutam batendo seus pescoços uns contra os outros. Quem vence o confronto mostra a sua força e ganha a fêmea.

O ciclo de vida de uma rã

As mudanças no corpo de um animal do início ao fim de sua vida são chamadas de ciclos de vida. A maior parte dos anfíbios, como sapos e rãs, começa a vida com uma aparência muito diferente da de seus pais. O incrível processo pelo qual o pequeno girino muda de forma à medida que cresce e finalmente atinge a forma adulta é chamado de metamorfose.

A rã macho adulta fica perto de uma lagoa e coaxa alto para atrair a atenção da fêmea.

O macho e a fêmea se encontram na água e ele a segura. Quando a fêmea põe seus ovos, o macho os fertiliza.

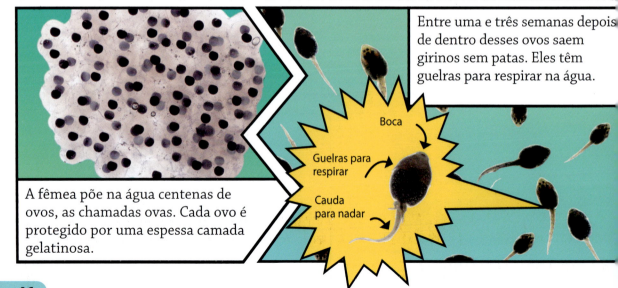

A fêmea põe na água centenas de ovos, as chamadas ovas. Cada ovo é protegido por uma espessa camada gelatinosa.

Entre uma e três semanas depois de dentro desses ovos saem girinos sem patas. Eles têm guelras para respirar na água.

Ligue cada filhote a seu pai.

Este filhote precisa comer muito para se preparar para sua transformação.

Esta ninfa nadadora ainda não desenvolveu suas asas.

Este filhote começa a vida com o corpo coberto por penugens.

Libélula
Os animais recém-nascidos podem viver em habitats diferentes do de seus pais. Os filhotes de libélulas vivem debaixo d'água, mas, na fase adulta, eles voam.

Cuzu-zorro
Este marsupial australiano tem uma cauda grande e espessa e o corpo coberto por uma pelagem grossa. As fêmeas carregam um filhote dentro de uma bolsa protetora.

Langur
Este macaco vive nas florestas asiáticas. Os adultos têm o pelo cinza-escuro, mas os filhotes são supercoloridos para que as mães possam encontrá-los.

Filhotes de animais

No reino animal, nem sempre há uma semelhança familiar entre os filhotes e seus pais. Os recém-nascidos podem ter cores, texturas e desenhos diferentes, ou até assumir outra forma antes de chegarem à idade adulta. Tente fazer este teste para ver se você consegue identificar quem são os pais desses filhotes.

Pintas e listras fornecem camuflagem para este filhote.

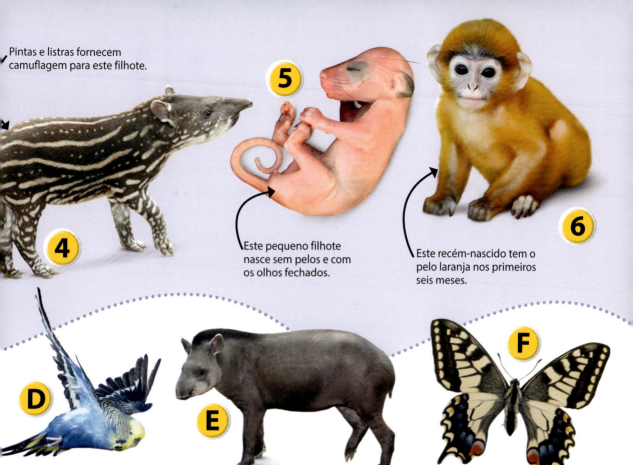

Este pequeno filhote nasce sem pelos e com os olhos fechados.

Este recém-nascido tem o pelo laranja nos primeiros seis meses.

Periquito-australiano

Estas aves coloridas são os menores membros da família dos papagaios. Os filhotes nascem com o corpo coberto por uma penugem fofa antes do crescimento das penas.

Anta

Parente de rinocerontes e cavalos, as antas começam a vida com uma camuflagem protetora. Na fase adulta, elas perdem os desenhos, pois são menos ameaçadas.

Borboleta

Para chegar à fase adulta, alguns insetos, como as borboletas, passam por um incrível processo chamado metamorfose. Seu corpo muda totalmente de forma.

Cara de um, focinho do outro

Às vezes, não há dúvida alguma sobre quem é o pai ou a mãe. Estes recém-nascidos parecem miniaturas de seus pais.

O filhote de lagarto pega uma carona nas costas da mãe.

Os filhotes de porquinho-da-índia ficam sempre perto da mãe.

O filhote de cavalo-marinho é uma versão em miniatura do pai.

Respostas: 1D, 2F, 3A, 4E, 5B, 6C

Animais mortais

Aproxime-se deste bando por sua conta e risco! Nem todos os animais são peludinhos e amigáveis. Alguns se especializam na produção de venenos ou peçonha. O veneno é mortal se tocado, mas precisa ser injetado para liberar seu efeito tóxico. Os venenos podem afastar potenciais predadores, mas caninos venenosos podem ser usados para matar presas.

Tamanho real

Vespa-do-mar

Também chamada de cubomedusa, o animal mais venenoso dos mares pode matar em poucos instantes. Cada um de seus tentáculos compridos tem 5 mil células pungentes com o poder de matar peixes e outras espécies marinhas, e até pessoas, por isso torça para que ela nunca apareça em seu caminho!

Esta água-viva tem 200 substâncias químicas em seu veneno.

A picada de uma taipan-do-interior contém veneno suficiente para matar 100 pessoas!

Taipan-do-interior

Apelidada de "cobra feroz", esta cobra australiana tem o veneno mais tóxico que o de qualquer outra espécie. Ratos são suas principais presas e são picados por ela várias vezes antes que a cobra os engula por inteiro.

Apesar de seu apelido, esta cobra é muito tímida e vista raramente.

50

Rã-de-ouro

Esta rãzinha tem a pele venenosa e é tida como o vertebrado mais venenoso do mundo. Uma única rã-de-ouro pode matar dez pessoas, mas ela só é encontrada nas florestas tropicais colombianas.

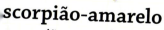

O MAIS VENENOSO!

Escorpião-amarelo

O escorpião-amarelo é dono do título de animal mais mortal. Embora tenha o veneno menos tóxico, esse escorpião do deserto vitima a maioria das pessoas porque é agressivo, ataca à noite e mata na hora.

Aranha-armadeira

A aranha-armadeira, ou aranha-de-bananeira, movimenta-se rapidamente. Nas cidades, ela se esconde durante o dia em locais escuros, como troncos empilhados ou caixas velhas, e poderá dar uma picada potencialmente fatal se for perturbada acidentalmente.

Farsante

Cores vivas geralmente indicam que o animal é mortal. As cobras-corais venenosas são tão temidas quanto as inofensivas falsas-corais, que foram mudando com o passar do tempo para se parecer com as verdadeiras. A pele da falsa-coral é tão semelhante que até os predadores a evitam.

IMPOSTORA!

A inofensiva falsa-coral

Cobra-coral venenosa

51

Conheça o especialista

Conhecemos o professor David Macdonald, diretor da Unidade de Pesquisa de Conservação da Vida Selvagem, da Universidade de Oxford, no Reino Unido. Ele e sua equipe estudam muitos animais ao redor do mundo, mas têm um interesse especial pelos leões.

P: Sabemos que seu trabalho tem algo a ver com os animais. Mas o que você faz exatamente?

R: Conservar a vida selvagem significa tentar ajudar os animais que correm risco de extinção na natureza. Por estarem sendo caçados pelo homem ou por outras razões. Por exemplo, pode haver algum problema com pessoas que têm raiva de animais selvagens, como leopardos e tigres, que matam comem seu gado. Então, vou tentar encontrar uma maneira de ajudar os animais e as pessoas viverem lado a lado.

P: Por que escolheu salvar os leões?

R: Escolhi os leões porque seu número vem caindo rapidamente. Existem hoje cerca de 20 mil leões vivendo na África, contra os 100 mil de 50 anos atrás.

Rastreamento por rádio
Uma forma de acompanhar um grupo de leões é colocar um radiotransmissor no pescoço dos animais.

Esta leoa recebeu um medicamento para dormir enquanto a coleira com o transmissor era colocada em seu pescoço.

Um receptor é usado para captar os sinais do radiotransmissor da leoa.

: O que é um dia de trabalho normal para ocê?

: Num dia, posso estar em campo procurando or animais selvagens ou sinais de suas ividades. O dia seguinte pode ser marcado por nversas com os moradores locais ou por uniões com pessoas para criar leis que otejam os animais. Eu também gasto muito mpo estudando as informações que coletamos bre os animais.

Você precisa de equipamentos especiais ra estudar os animais selvagens?

A conservação da vida selvagem exige uma istura de habilidades tradicionais com a cnologia moderna. Às vezes, podemos contrar um animal seguindo suas pegadas, as também usamos satélites no espaço para ompanhar os movimentos dos leões por ntenas de quilômetros.

É perigoso rastrear leões?

Trabalhar com animais grandes e ozes, como os leões, é menos rigoso que grande parte da vida na lade, desde que você entenda o mportamento desses animais e trate com cuidado.

Quais são os maiores oblemas para os leões e o e pode ser feito para dá-los?

Perder espaços onde eles dem viver e caçar em gurança, e perturbar a pulação local, mesmo que não ham essa intenção. Nós ajudamos ostrando aos aldeões como podem nter seus rebanhos a salvo, e usamos astreamento por satélite para sá-los quando os leões estão se locando em direção às suas endas.

Liberando um filhote de texugo de volta ao seu habitat.

Estudando os texugos
O professor Macdonald também estuda os texugos no Reino Unido. Eles são capturados, medidos e pesados a cada quatro meses.

P: Quais são as melhores e as piores coisas sobre seu trabalho?

R: Muitos animais selvagens estão em perigo e às vezes os problemas são difíceis de resolver. No entanto, a melhor coisa sobre o meu trabalho é melhorar a vida tanto dos animais quanto das pessoas que vivem perto deles. E eu também trabalho em lugares lindos com animais incríveis.

53

Nós e os animais

Os ancestrais dos atuais animais domesticados foram selvagens. Ao longo de milhares de anos, os humanos pegaram diferentes tipos de animais selvagens e mudaram sua aparência e comportamento. Os animais nos fornecem alimentos, roupas, transporte e trabalho, e nós os acolhemos em nossas casas como animais de estimação.

Orelhas grandes e peludas numa cabeça pequena é atraente para as pessoas.

Patas curtas e um corpo comprido significam que este cãozinho pode caber na casa de um texugo.

Os dachshunds (os famosos "salsichas") podem ter os pelos longos ou curtos, ou até mesmo duros, e esses pelos podem ter cores diferentes.

FICHA TÉCNICA

Cachorros

Existem cerca de 350 raças de cães. Atualmente a maior parte deles é mantida como animais de estimação, mas eles foram originalmente criados para executar diferentes tarefas. Os dachshunds já foram usados para seguir as trilhas subterrâneas dos texugos.

Dachshund

» **Comprimento:** 32-60 cm
» **Peso:** 4-12 kg
» **Dieta:** Ração animal, carne, ossos, biscoitos
» **Habitats:** Casas
» **Expectativa de vida:** 12-15 anos

Animais úteis

Alguns animais domésticos, como cachorros e gatos, vivem em nossas casas e são tratados como membros da família. As pessoas também criam alguns outros animais por razões mais práticas.

Muitas pessoas alimentam-se da carne e dos ovos das **galinhas**. Suas penas podem ser usadas para encher travesseiros.

Gatos são bons para capturar pragas como ratos e camundongos, além de ser um amigo peludo.

54

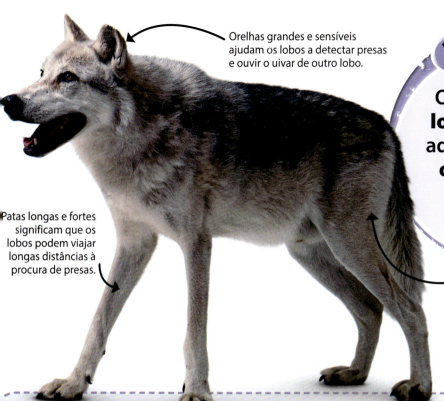

Orelhas grandes e sensíveis ajudam os lobos a detectar presas e ouvir o uivar de outro lobo.

Patas longas e fortes significam que os lobos podem viajar longas distâncias à procura de presas.

O pelo espesso mantém o lobo aquecido durante o inverno.

! UAU!

O **uivo de um lobo-cinzento** adulto pode ser **ouvido** a até **10 km** de distância!

Lobo-cinzento
- **Comprimento:** 1-1,5 m
- **Peso:** 16-60 kg
- **Dieta:** Alces, veados, renas, coelhos, esquilos, peixes
- **Habitats:** Florestas, montanhas, regiões polares do norte
- **Expectativa de vida:** 6-13 anos

FICHA TÉCNICA

Lobos

O lobo-cinzento é o ancestral de todos os tipos diferentes de cachorros. Vive em bandos de aproximadamente oito adultos, liderados por um macho e uma fêmea. Caçando em grupo, os lobos podem pegar animais bem grandes.

Lhamas são resistentes animais de carga, e ajudam as pessoas a transportar cargas pesadas. Sua lã é usada para fazer roupas quentes.

Muitas pessoas alimentam-se da carne bovina, do leite e usam a pele da vaca para fazer couro. Uma **vaca** pode produzir vários litros de leite todo dia.

Números e fatos animais

Os animais são fascinantes. Aqui estão alguns fatos estranhos e maravilhosos que você pode desconhecer!

Os **pandas-gigantes** passam mais de **16 horas por dia** comendo bambu.

Um **morcego-vampiro** pode beber 50% do seu peso corporal de sangue em apenas 30 minutos.

O basilisco, lagarto sul-americano, **pode correr sobre a água**.

47.000.000

de caranguejos-vermelhos deixam as florestas da Ilha Christmas, no Oceano Índico, para desovar no mar. Essa jornada leva cerca de uma semana.

56

Um órix-da-arábia pode sentir o cheiro de chuva caindo a 80 km de distância.

Os **beija-flores** são as únicas aves que podem **voar de costas**!

Ao pairar, os beija-flores batem as asas cerca de 60 vezes por segundo.

Em 1960, a britânica **Jane Goodall** descobriu que **os chimpanzés podem fazer e usar ferramentas!**

Chimpanzé usando uma pedra para quebrar uma noz.

18

o número de oras que o coala orme todo dia. e passa o stante do mpo comendo descansando.

Uma toupeira pode escavar até 100 m de terra em um dia.

3

é o número de corações que um polvo tem.

57

Animais recordistas

Os animais são fantásticos! Do mais rápido, mais barulhento, mais forte e mais alto ao menor de todos, cada animal recordista é um vencedor. Como você se compararia aos animais aqui mostrados?

Mais rápido em terra

O **guepardo** pode atingir 115 km/h em apenas 3 segundos. A maior velocidade já registrada de um humano foi cerca de 45 km/h.

Animal mais forte

O **besouro *Onthophagus taurus*** pode puxar um peso 1.141 vezes mais pesado que o próprio corpo. Isso equivale a um homem puxando seis ônibus ao mesmo tempo.

Aranha mais pesada

A **aranha-golias-comedora-de-pássaros fêmea** pesa cerca de 170 g, o que é aproximadamente o peso de uma maçã de tamanho médio. O macho é muito menor.

Animal mais alto

A **girafa** é o animal vivo mais alto do mundo, chegando aos 6 m, graças às suas patas compridas e ao pescoço extremamente longo.

Animal de vida mais longa

A **megaesponja *Xestospongia muta*** pode viver até 2.300 anos. Isso é mais do que dez vezes o tempo de vida da baleia-da-groenlândia, que é o mamífero de vida mais longa.

Animal de vida mais curta

Os **efemerópteros adultos** vivem por apenas um dia. Além de não se alimentar, morrem logo depois de encontrar um parceiro e a fêmea pôr seus ovos.

Ave de mergulho mais profundo

O **pinguim-imperador** pode mergulhar a até 565 m de profundidade. E se mantém submerso por até 22 minutos, à procura de presas.

Mais rápido na água

Salto mais longo

Mamífero de mergulho mais profundo

O **peixe-vela** pode nadar a uma velocidade de 110 km/h em pequenas distâncias. Isso significa que ele é capaz de nadar dez vezes o comprimento do corpo em 1 segundo.

O **leopardo-das-neves** pode saltar até 15 m quando persegue suas presas, como as cabras selvagens. Isso é cerca de 15 vezes o comprimento do próprio corpo.

A **baleia-bicuda-de-cuvier** pode mergulhar a profundidades de quase 3 km. Uma delas ficou debaixo d'água por 2 horas e 18 minutos.

Menor ave

Menor inseto

Animal mais barulhento

O **beija-flor-abelha** tem apenas 5 cm e pesa 1,6 g. Seus ovos são menores que uma ervilha.

A **vespa-fada-voadora** é pequena demais para ser vista. A menor delas tem 0,16 mm de comprimento e cabe facilmente dentro do ponto final desta frase.

O **camarão-pistola** estala suas garras para fazer uma bolha de ar na água. Quando a bolha explode, produz um som de 218 decibéis, mais alto que um tiro.

Menor mamífero

Maior animal

Maior distância viajada

O **morcego-nariz-de-porco-de-kitti** pesa cerca de 1,5 g e tem 15 cm de envergadura. Ele também é chamado de morcego-abelha.

A **baleia-azul** tem 33 m de comprimento e pesa 150 toneladas. Ela é quase tão grande quanto um avião a jato. Seu coração é do tamanho de um carro pequeno.

A **andorinha-do-ártico** voa 71.000 km entre o Ártico e a Antártida e volta todos os anos, durante 30 anos.

59

Glossário

Aqui estão os significados de algumas palavras úteis durante o seu aprendizado sobre os animais.

adaptação Modo com que um animal se torna mais adequado ao seu habitat. Por exemplo, as penas grossas de um pinguim o mantêm aquecido em lugares gelados.

ancestral Animal ou planta a que um animal ou planta mais atual tem parentesco.

anfíbios Vertebrados de sangue frio que começam a vida na água antes de se moverem entre a terra e a água quando totalmente crescidos.

aquático Alguma coisa que vive na água.

artrópode Grupo de invertebrados com um esqueleto externo resistente e o corpo dividido em segmentos.

aves Vertebrados de sangue quente com o corpo coberto de penas e que geralmente voam.

camuflagem Cores e desenhos na pele, no pelo ou nas penas de um animal que o ajudam a se fundir com o meio ambiente.

carapaça Cobertura do corpo naturalmente dura que fornece proteção para um animal.

carniceiro Animal que se alimenta da sobra de carne de um outro animal que já morreu, seja por um ataque de predador ou por causas naturais.

carnívoro Animal que come apenas carne.

cartilagem Material resistente, mas flexível, encontrado em animais e que compõe o esqueleto dos tubarões.

conservação Tentativa de impedir que um animal ou planta seja extinto.

coral Esqueleto externo rígido de minúsculos animais marinhos, que podem se transformar em vastos recifes espalhados em mares quentes.

corte Tipo especial de comportamento animal, que é uma tentativa de atrair um parceiro.

domesticado Animais mantidos como animais de estimação ou em fazendas. Eles podem ter sido criados em casa ou em fazenda.

espécies Tipos específicos de animais ou plantas com características compartilhadas que podem se acasalar e gerar filhotes juntos.

extinção Quando todos os animais ou plantas de determinada espécie morrem e não há mais nenhum deles no mundo.

O camaleão tem o sangue frio.

60

A rã é um anfíbio.

uelras Órgãos dos peixes e e alguns anfíbios que lhes ermitem respirar embaixo 'água.

abitat Ambiente natural de m animal ou planta.

erbívoro Animal que come enas matéria vegetal.

vertebrado Animal sem oluna vertebral.

amíferos Vertebrados de ngue quente que têm a pele oberta de pelos e alimentam us filhotes com leite.

arinho Descreve animais e antas que vivem no mar.

eio ambiente Arredores n que um animal ou planta ve.

etamorfose Processo pelo ual alguns animais se ansformam em uma forma ferente da juventude para a ade adulta. Por exemplo, n girino que se transforma m sapo.

icro-habitat Pequeno abitat, como a parte de aixo de uma folha.

imetismo Animal que pia a aparência ou o mportamento de outro.

oturno Animais que são ivos à noite, quando saem ra caçar ou se alimentar.

nutrientes Diferentes tipos de alimento de que os animais precisam para sobreviver.

onívoro Animal que come tanto material vegetal quanto carne.

peçonha Substância nociva liberada por um animal ou planta que pode ser mortal se injetada na pele, por uma picada ou presas.

plumagem Palavra usada para descrever todas as penas de uma ave.

predador Animal que caça outro animal vivo para comer.

preênsil Parte do corpo que agarra, como a cauda de um camaleão.

presa Animal que é caçado para servir de alimento.

primata Grupo de mamíferos que inclui os macacos.

pulmões Órgãos respiratórios encontrados no interior do corpo dos vertebrados.

reproduzir Ter filhotes.

répteis Vertebrados de sangue frio com pele escamosa que se reproduzem pondo ovos, como as cobras, lagartos ou crocodilos.

sangue frio Animal cuja temperatura corporal sobe e desce para se equiparar com a temperatura do entorno ou da água à sua volta.

sangue quente Animal que mantém a temperatura corporal constante.

simétrico Formas com duas peças que se correspondem perfeitamente.

temperado Área ou clima com temperaturas amenas.

tóxico Substância perigosa, como o veneno.

tropical Área ou clima com temperaturas quentes e grande quantidade de chuva.

vegetação Vida vegetal encontrada em um habitat particular.

veneno Substância nociva liberada por um animal ou planta que pode ser fatal se tocada ou ingerida.

vertebrado Animal com coluna vertebral.

Índice

A
abelhas 23
abrigo 24, 30
adaptação 32–33
água 24
água-viva 21, 50
águias 27
alimentação 4
alimento 24
andorinha-do-ártico 59
anfíbios 7, 16–17
animais de sangue frio 14
animais de sangue quente 8, 12
animais domésticos 54–55
antas 49
antenas 20, 22–23
aracnídeos 20
aranhas 30, 43, 45, 51, 58
asas 7, 12–13, 20, 22–23
aves 7, 12–13, 25
axolotle 16–17

B
baleias 9, 10–11, 36, 59
bandos 38, 55
barbatanas 18–19, 29
beija-flores 57, 59
besouro *Onthophagus taurus* 58
bicho-da-seda 22
bico 12
borboletas 49

C
caça 38–39, 55
cachorros 54
cadeia alimentar 36–37
camaleão-pantera 14–15
camarões-pistola 59
camelos 10
camuflagem 42–43
caracóis 20, 34
carambola-do-mar 28
caranguejos 21, 31, 56
carapaça 41
cardumes 41
carnívoros 34, 37–39
casas 30–31
castores 30
caudas 13–14, 19
cavalos-marinhos 49
cecílias/cobras-cegas 17
chimpanzés 35, 57
ciclos da vida 46–47
coalas 11, 57
cobras 15, 27, 50–51
coiotes 36
comunicação 5
conchas 20, 31
conservação 52–53
consumidores 37
corujas 13, 37
crocodilos 14
crustáceos 21
cupins 31
cuzu-zorro 48

D
defesa 40–43
dentes 6, 18, 34–35
diabo-espinhoso 33
dromedário 32

E
efemerópteros 58
elefantes 9, 11
escamas 14, 19, 33
escorpiões 20, 51
esponjas 21, 58
esqueletos 6–7, 18–20
esquilos 10, 31
estrela-do-mar 21, 29

F
falcões 13
filhotes 8–9, 13–14, 16, 48–49
fitoplâncton 36
floresta, habitats 24–27
focas 5, 9, 11
formigas 39

G
gaivotas 13
galinhas 54
gambás 40, 41
garças 13
gatos 54
gazela 36
girafas 10, 45, 58
girinos 46–47
gnu 27
golfinhos 4, 10, 36
gorilas 10
grilos 23
guelras 16–18, 33, 46–47
guepardos 58

H
habitats 10–11, 22, 24–29, 32, 48, 53,
herbívoros 4, 35, 36, 37

I
insetos 20, 22–23, 25, 39, 59
invertebrados 20–21, 28

62

butis 14, 15
carés 14

ill 37

gartas 37, 40
gartixa 43
garto-rabo-de-macaco 25
gartos 7, 14–15, 41, 49, 56
mpreias 18, 19
r 26, 30–31
bre-ártica 27
ite 8–9
ões 34, 37, 52–53
opardos 11, 25
opardos-das-neves 59
amas 55
élulas 48
bos 34, 38, 55
ntras-marinhas 9, 11
uva-a-deus 20, 25, 40

acacos 5, 11, 25, 48
amíferos 6, 8–12, 34
ariposas 22, 42
arsupiais 9, 11, 48
elro 13
etamorfose 46, 49
icro-habitats 26
oluscos 20
onotremados 9
orcegos 10, 11, 56, 59
ovimento 4, 23, 33, 53

nhos 13, 24, 25, 31, 39, 45

ores 5, 40, 41

olhos 15, 23
olhos compostos 23
onívoros 4, 35, 37
orangotangos 25
órix-da-arábia 57
ouriços 11, 35
ouriços-do-mar 21, 29
ovos 5, 9, 12–14, 16, 18, 31, 46, 54, 58–59
oxigênio 4, 18

P

pandas-gigantes 56
papagaios 13, 49
parceiro, atração 19, 33, 44–45, 58
pássaro-cetim 45
patos 13
pavões 44–45
peixe 6, 18–19, 27–29, 41
peixe-diabo-negro 29
peixe-ogro 28
peixe sem mandíbula 19
peixe-vela 59
peixes-boi 10
pele 11, 14, 16, 17, 19, 21, 41, 51, 55
pelos 8, 33, 48–49, 54–55
penas 7, 12, 32, 44–45, 49, 54
pepinos-do-mar 28, 29
periquito-australiano 49
pinguins 13, 32, 37, 58
piscina de pedra 26
placentários, mamíferos 9
polvos 29, 36, 57
pombos 13
porquinhos-da-índia 49
produtores 36

Q

quiuís 13

R

rã-de-ouro 51
raposas 11, 30, 33, 38–39
rãs 16, 33, 46–47
recifes de coral 21, 27
reprodução 5
répteis 5, 7, 14–15, 21, 34
respiração 4
rinocerontes 11, 49

S

salamandras 17
sapos 7, 16, 46
sentidos 5
superpredadores 37

T

tamanduás 10
tanreque-comum 9
tardígrados 29
tartarugas 14, 15
tatus 11, 41
teias 30
tentilhão-de-peito-roxo 12–13
texugo 31, 53
toupeiras 11, 57
tritões 17
tubarões 6, 18, 19, 33, 38

U

ursos 10, 27, 30

V

vacas 35, 55
veneno 15, 40, 50–51
vermes 17, 21
vertebrados 6–7, 21
vespa-fada-voadora 59
vespas 20, 23, 31

Z

zebras 11, 35, 43

Agradecimentos

A editora gostaria de agradecer às seguintes pessoas: Ruth O'Rourke e Kathleen Teece: assistência editorial; Alexandra Beeden: revisão de provas; Helen Peters: compilação do índice; Neeraj Bhatia: recortes; e Gary Ombler: fotografia. Os editores também gostariam de agradecer ao professor David Macdonald e sua equipe da Unidade de Pesquisa de Conservação da Vida Selvagem (WildCRU) pela entrevista "Conheça o especialista"; Martin French, do Bugz UK; e Mark Amey, do Amey Zoo, pelos animais e pela assistência.

A editora gostaria de agradecer aos que se seguem pela gentil permissão para reproduzir suas fotografias:

(Legenda: a-em cima; b-embaixo; c-centro; f-distante; l-à esquerda; r-à direita; t-topo)

3 Corbis: Don Farrall / Ocean (cb). **Dorling Kindersley:** Natural History Museum, London (tr). **4 Alamy Images:** Nature Picture Library (clb); Malcolm Schuyl; Rolf Nussbaumer Photography (cr). **5 Alamy Images:** Image Source (t). **Getty Images:** Tom Brakefield / Photodisc (bl). **6 Dorling Kindersley:** Blackpool Zoo (clb). **8-9 FLPA:** Frans Lanting (c). **9 Dorling Kindersley:** Booth Museum of Natural History, Brighton (fcra); Jerry Young (ca). **10-11 Alamy Images:** WaterFrame (b). **10 Alamy Images:** Life on White (crb). **Dreamstime.com:** Greg Amptman (br). **Fotolia:** Eric Isselee (ca). **11 Corbis:** image100 (crb). **Dorling Kindersley:** Jerry Young (c). **Fotolia:** Eric Isselee (fcr). **12-13 Alamy Images:** Johan Swanepoel (c). **12 Alamy Images:** Daniel Kulinski (b). **13 Dorling Kindersley:** Cotswold Wildlife Park & Gardens, Oxfordshire, UK (br); Neil Fletcher (ca); Liberty's Owl, Raptor and Reptile Centre, Hampshire, UK (fcr); E. J. Peiker (cb). **16 Alamy Images:** Life On White (clb). **18 Alamy Images:** Arterra Picture Library (bl). **Corbis:** (crb); Pete Oxford / Minden Pictures (c); Don Farrall / Ocean (cr); Norbert Probst / Imagebroker (bc). **Dreamstime.com:** Dean Bertoncelj (cl); Tdargon (tc). **18-19 Corbis:** Eiko Jones (c). **19 Alamy Images:** Lamprey (crb); Masa Ushioda (tc). **Corbis:** Jelger Herder / Buiten-beeld / Minden Pictures (br); Jeff Hornbaker / Water Rights (c); Norbert Probst / Imagebroker (cb). **Dreamstime.com:** Lukas Blazek (cra). **20 Dorling Kindersley:** Forrest L. Mitchell / James Laswel (fcrb); Liberty's Owl, Raptor and Reptile Centre, Hampshire, UK (fclb); Natural History Museum, London (clb). **Dreamstime.com:** Johan007 (crb). **21 Alamy Images:** Linda Pitkin / Nature Picture Library (tc). **Dorling Kindersley:** Natural History Museum, London (cla); Linda Pitkin (cra). **Dreamstime.com:** Stubblefieldphoto (crb). **22 Dorling Kindersley:** Natural History Museum, London (br). **22-23 Alamy Images:** OJO Images Ltd. **23 Corbis:** Steve Gschmeissner / Science Photo Library (tr); Albert de Wilde / Buiten-beeld / Minden Pictures (cr). **24-25 naturepl.com:** Anup Shah. **27 Corbis:** Jim Brandenburg / Minden Pictures (cb); John Hyde / Design Pics (tc); W. Rolfes (ca/Brown Bear); Valentin Wolf / Imagebroker (ca); Michael & Patricia Fogden (c); Stuart Westmorland / Image Source (b). **28-29 Alamy Images:** PF-(usna1) (b). **Corbis:** Nature Picture Library (cb); Norbert Wu / Minden Pictures (t). **28 naturepl.com:** David Shale (crb). **29 naturepl.com:** David Shale (cla). **Science Photo Library:** Eye Of Science (cra). **30 FLPA:** Ingo Arndt / Minden Pictures (bc); Matthias Breiter (tr); Imagebroker / Gerken & Ernst (cr). **Getty Images:** Russell Burden (bl). **31 FLPA:** Ingo Arndt / Minden Pictures (crb); Roger Wilmshurst (tl). **32 Corbis:** Tariq_M_1 / Room The Agency (bl). **Getty Images:** David Tipling / Digital Vision (cr). **33 Alamy Images:** ArteSub (bl). **Corbis:** Roberta Olenick / All Canada Photos (cra). **Getty Images:** Paul Oomen (tl). **34 Dreamstime.com:** Mike Carlson (br). **35 Alamy Images:** Sabena Jane Blackbird (tr). **Corbis:** Cyril Ruoso / Minden Pictures (b). **Dorling Kindersley:** The Natural History Museum, London (tl). **Dreamstime.com:** Duncan Noakes (br). **36 Alamy Images:** Blickwinkel / Mcphoto / Bio (crb). **Dorling Kindersley:** Greg and Yvonne Dean (bl); Andy and Gill Swash (cl). **Dreamstime.com:** Musat Christian (fclb). **37 Corbis:** F. Lukasseck /Masterfile (cb). **Dreamstime.com:** Isselee (bc). **38 Alamy Images:** David Hosking (l). **38-39 Alamy Images:** David Hosking. **39 Alamy Images:** FLPA (ca, cra); David Hosking (r). **40 123RF.com:** Marion Wear (cb). **Corbis:** Joe McDonald (crb). **41 123RF.com:** cbpix (cra). **Alamy Images:** Redmond Durrell (tl, cla). **42-43 Corbis:** Ingo Arndt / Minden Pictures. **43 Corbis:** Frans Lanting / Mint Images (cr); Michael Quinton / Minden Pictures (bc). **FLPA:** Nicolas Cegalerba / Biosphoto (ca). **44-45 Alamy Images:** Aditya "Dicky" Singh. **45 Alamy Images:** Blickwinkel / Lohmann (br); Photoshot (cra); Dave Watts (cr). **48 FLPA:** Bernd Rohrschneider (c). **Getty Images:** Herman du Plessis (tr). **naturepl.com:** Fiona Rogers (cr). **49 Alamy Images:** John Cancalosi (tc); Jamie Craggs / Papilio (br). **Dorling Kindersley:** Cotswold Wildlife Park (c, tl); Natural History Museum, London (cr). **Dreamstime.com:** Bidouze Stéphane (tr). **FLPA:** Mitsuaki Iwago / Minden Pictures (bc). **Getty Images:** James Gerholdt (bc/Gecko). **50 Alamy Images:** Kelvin Aitken / Visual&Written SL (cl). **Dreamstime.com:** Ben Mcleish (bc). **51 Alamy Images:** Barry Turner (tr). **Corbis:** Imagemore Co., Ltd. / Imagemore Co. Ltd. (cb). **Dorling Kindersley:** Twan Leenders (br). **52 (c) David Macdonald** (www.wildcru.org) WildCru (todas as imagens). **53 Andrew Harrington:** (tr). **54 Alamy Images:** Hollie Crabtree (br). **55 Alamy Images:** Moodboard (b). **Dorling Kindersley:** Jerry Young (tl). **Dreamstime.com:** Eric Isselée (bl). **56-57 Corbis:** Poelking, F. **56 123RF.com:** czalewski (crb). **Corbis:** Ingo Arndt / Minden Pictures (bc); Benc Mate / Visuals Unlimited (clb); Nature Picture Library (br). **Dorling Kindersley:** Jerry Young (cla). **57 123RF.com:** szefei (fclb). **Corbis:** Hans Overduin / NIS / Minden Pictures (ca); Christian Zappel / imagebroker (cl); Cyril Ruoso / Minden Pictures (cr); Reinhard, H. (cb). **naturepl.com:** Af (bl). **58 Corbis:** Cisca Castelijns / NiS / Minden Pictures (bc); Suzi Eszterhas / Minden Pictures (t); Rolf Nussbaumer / Nature Picture Library (cl); Pe Oxford / Minden Pictures (c); Erich Schmidt / Imagebroker (cr); Michele Westmorland (bl). **Getty Images:** Frank Krahmer / Photographer's Choice (br). **59 Alamy Images:** Kevin Elsby (cl); Nature Picture Library (tr). **Corbis:** (tl); Tim Fitzharris / Minden Pictures (tc); Fred Bavendam / Minden Pictures (cr); Flip Nicklin / Minden Pictures (bc). **FLPA:** Photo Researchers (bl). **Science Photo Library:** Dr. Harold Rose (c)

Imagens da capa: Frente: **Dorling Kindersley:** Natural History Museum, London cra; **Dreamstime.com:** Musat Christian fcr; **Fotolia:** Jan Will fcra; **Getty Images:** Aditya Singh c; **naturepl.com:** Mark Bowler tr; Verso: **Dorling Kindersley:** Forrest L. Mitchell / James Laswel c; Natural History Museum, London tc; contracapa: Dorling Kindersley: E. J. Peiker br; Fotolia: Eric Isselee bc, clb/(miolo); **Dorling Kindersley:** Natural History Museum, London clb, Gary Ombler / The University of Aberdeen tl/(frente); **NASA:** JSC cb/(frente)

Todas as outras imagens © Dorling Kindersley